KB016730

아침달 시집

좋은 곳에 갈 거예요

김소형

시인의 말

"나는 언제 죽어도 괜찮아."

그 말을 오래오래 들었다.

2020년 3월

김소형

차례

부록

크레인

저 크레인은 보기가 좋아

크레인 사이에 구름
상자를 들고 창고로 이동하는 직원 한 명

나의 사과가 너의 정원에 눌러앉아
벌어지는 시간

유원지에 있는 까마귀는
멍청한 눈으로
새의 흉내를 내고 있지

이 감쪽같아 보이는 세상을

네가 속아준다면 지금은 낮잠 잘 시간이라 말하고 다시 이후의 약속을 경험할 수 있을 텐데

꿈에서 본 너는 유서를 쓰고
네가 지우고 싶던 자국이 여전히 너의 흉내를 내고

너를 보는 건 여전히 좋아

여전히 시위를 하고 여전히 곤봉을 들고 사람들은 이 보기 좋은 세상에서 서둘러 사람의 흉내를 낸단다

네가 아끼던 물푸레나무를 이웃이 도끼로 찍을 때 사람의 흉내를 견딜 수 없더라
이제 나무의 안부를 전하고 싶어
언젠가 긴 이야기를 나눌 수 있을 거야
나를 흉내 내는 것이 사라졌을 때

그때도 세상은 여전히
좋겠지

일요일

일요일에 우리는 앉아서
자본주의를 배운다.

이 시대에 돈으로 생명과 영혼을 사고팔아서는 안 된다, 문장을 읽을 때

어린 친구가 묻는다.

선생님, 영혼은 어떻게 팔아요?

그는 이제 십 년을 살았으니 어떤 답을 해야 할까. 작년에 죽은 친구는 이 시간이면 성당에 갔었다. 영혼이라는 게 있다면 좋은 곳에 있을 테지. 영혼은

호리병에 훅 담아 팔아요?

손을 모아 진지하게 입김을 후후 불고는 꺄르륵 웃는 것이다.

팔 수 있다면 코카콜라 병이어도 괜찮겠지. 이 말을 꺼내면 펩시는 안 되는지 어린 친구는 물을 것이고 캔에 영혼을 얼마나 함유할지 고민하는 것도 나쁘지 않겠지.

그러나 이 시대에 나의 영혼을 누가 사기나 할까?

매대에 놓인 영혼을 보고 어린 친구들은 소리치겠지.
우리 선생님이었대. 불쌍하다.

그들이 내 영혼을 조금씩 나누어 마실지, 아니면 배운대로 이런 걸 사고팔아서는 안 되는 거라고 생각할지 궁금한 시간을 지나 나의 어린 시절은 815 콜라를 따고 있다.

언제든 사고팔아서는 안 되는 거야.

이건 누구의 목소리였을까. 언제 팔린 건지 모르면서 떠드는 일요일. 이 시대에 아직 죽어보지도 못했으면서. 잘도

왕과 왕자

왕의 머리를 베고 돌아서는 날
그는 생각한다
이제 내가 왕인가
그런 영화를 봤어

딸도 있지 않았어?
음, 이건 딸에 대한 이야기야
이상한데?

너는 황금을 만드는 사람을 봤고 호문쿨루스와 함께 유리병도 구경했지
왜 이상함이 생긴 걸까

왕자라면서
속인 거 아냐?

의아함과 의구심이 다음 이야기를 만들지

다 처형할 것이다
왕의 머리가 뒤틀린 채 비웃고

……

이건 이상하지 않아?
요즘 시는
다 이러더라 누가 읽겠어?

도대체 왜 그러는 거야

딸이라고 말했을 뿐인데
이제 너는 내가 이상하다고 하는구나
온통 이상하다고
아까까지는 같이
웃었으면서

세 친구

소등이 되면 세 친구는 둥근 테이블에 앉아 이야기를 나눴다. 성아, 우진, 영하, 다들 어디에 있어? 물으면 한 명씩 말하는 놀이였다.

주변에 석회석이 있고 길이 있어. 아주 아름다운 길을 걷고 있는데 저 멀리 검은 마차가 보여.

성아가 말했다.

검은 마차에 타고 있어. 여기는 유휴지야. 새들이 열매를 먹고 종일 똥만 쌌는지 식나무들이 잔뜩 늘어나고 있어. 이제 호텔이 보여. 1819년에 지어진 건물이야.

우진이 말했다.

주인과 대화 중이야. 주인은 일정이 있어 하루를 비울 거라는데 밖에는 비가 와. 짐을 풀고 방마다 돌아다니고 있어. 문은 모두 열려 있고 1층에는 수형자의 데스마스크가 있는데 그게 너랑 닮았어.

영하가 말했다.

불꽃놀이가 한창이었다. 우리의 얼굴을 살짝 비추고 지나가는 어둠이 있었고 모두들 어딘가에서 돌아다니고 있었다.

어디에 있어?

갑자기 문이 열렸고 네가 들어와 물었는데

나는

보이지 않았고 너는 환한 얼굴로 랜턴을 들고 나갔다. 벌어지는 복도로 데스마스크를 지나치는 불꽃이 있었고

떠나는 빛을 따라 식나무 그림자가 줄줄이 길어지고

세 번째 정원

어제 사라진 단어를 읽다가
뱀과 보석
입에서 쏟아진 개구리를
잊었다는 걸 알았어

어떻게 그럴 수 있을까

매일 듣던 이야기인데
밤마다 푸른 개구리가
입으로 들어왔는데

그럴 수 있지

그 없으면 죽는다고
종일 울던 친구도
이제는 이름을 까먹었다는데

그래도 기억나는 건 있지

너의 야무진 입매
너의 뒤뚱대는 발걸음

너의

너의

그

유리 정원

손때 묻은 앵무새 도자기가 있고
아이들이 놀이처럼
유칼립투스를 피워내던

평범한 이웃들
십자가 없이
투명하게
묻히고

피 없이

우리가 살아가던

거기

서로를 안심시키고자
창유리에 들어가
스스로
조각이 되던

그게 전부인 줄 알았어

또 어떻게 잊을까

뒤통수 가르고
나온 박쥐 떼가
아득한 비명 되어
너의 빛 에워싸던

그때를

여름 공원

풍경을 그린다. 그건 내가 잘하는 거니까. 주인은 옆에서 칼을 쥐고 앉아 불을 땐다. 콧날을 살짝 털어내듯이 장작불이 흔들리고 그것을 보며 오래 앉는다. 그러나 여기는 공원, 벤치에 묶여 있는 개.

이것은 개양귀비, 이것은 팬지, 얘는 이름이 뭘까요? 죄송해요. 제가 잘 몰라서.

사람들은 이름을 부른다. 멀리 떠나서도 여름은 듣는다. 그는 칼과 장작불 사이에서 풍경을 만들고 있다. 그 안에는 군락을 이뤘다가 사라진 먼 조상이 있고,

잠시만요, 감사합니다.

무리가 지나가고 풍경은 흐려져 있다.

촛대와 삐딱하게 걸어둔 액자, 이런 별장은 도대체 왜 샀습니까. 이걸 살 수 있으려면 다시 태어나야 되겠죠? 기어이 그런 걸 묻고 마는,

나는 지는 사람, 언제나

네가 졌어.

킥보드를 타는 한 아이가 아이에게 주먹을 쥐었다가 펼쳤다가 빠르게 달린다.

개들이 개집으로 돌아갈 시간. 나는 여전히 벤치에 묶여 있고 주인은 화들짝 나를 허물고

초콜릿이 녹는 동안

아무것도 아니었어.
그냥 초콜릿이었지.

사람들이 담배를 피우고 술을 마시고 시끌벅적한 테이블에서
초콜릿은 녹고 있었다.

여기에는 어떤 의지가 있을까.
아이들은 그 의지를 손으로 뭉개고 입술에 묻히고

벽에는 다시 초콜릿이 흐르고 있었지.

언제까지 녹을까.
빙하처럼, 가끔은 디저트계의 해수면을 높일 수도 있겠지.

사람들은 이미 와인 잔을 깼고
벌써 울기 시작했다.

다트를 던지다가 울고
갑자기 웃고 난장판 속에서 속도를 지킨 건

초콜릿이었다.

유령은 자신의 이름을 부르는 곳에 자주 들른다는데
가끔 이 검붉은 물질도 그러는 건지

초콜릿이 녹는 동안
인류는 태어났다가 사라졌다가 신을 믿었다가 저주했다가
우리는 어른이 됐다가 다시 선반에 놓인 초콜릿을 구경했지.

아무것도 아니야.
마음껏 들도록 해.

품위 없이 다정한 시대에서

창과 빛이 있으면
시를 쓸 수 있지
저 창에 쏟아지는 빛으로
질서를 말할 수 있고
문 두드리고 들어오는 빛으로
환대를 말할 수 있고
나의 몸을 떠난 채
등 돌리고 있는 신에 대해 말할 수 있다

어떤 날에는
창으로 들어온 바람에게
말을 걸 수 있고
그 한마디에
길게 심장이 열릴 수도 있고
열린 심장에서 흰말부리가
지저귈 수 있고
그 지저귐을 들은 벌새가 날아와
삶을 위로할 수 있고
장밋빛 눈물을 물어올 수 있다

눈 없는 나의 발이
그런 눈물을 흘릴 수 있지

그러나 그
창과 빛 아래서
신을 찾는 네가
신의 부름을 기다리고 있을 때

그건 신만이 아시겠지
그건 신도 모를 일이다

떠들었을 때

나는 네가 찾는 신이 될 수도 있고
영혼을 수집하는
빛이 될 수도 있었겠지

빛의 태피스트리를
보던 너의 얼굴이
다 해지고
물결을 짜던 나비의 사체가
가라앉을 때쯤

창문과 빛에서

도망갈 수도 있었을 테고

여전히 떠들고 있는
네 육체를 보며

창문과 빛은 아무것도
하지 않겠다는 듯
침묵한다

저 빛에는 그림자가 있고
저 바람에는 등잔이 있고
저 창문에는 신의 궁륭이 있고
그곳에서 우리는 인간의 품위를
지킬 수도 있었겠지

인간의 품위가 뭐냐고 묻는
너에게

그러니까 우리가 사람이라는
환상에 대해
어떤

구원에 대해 말하는 것이라고
말했는데

그럴 때면 너는 자꾸만 고개를 숙이고
왜 내게는 없는 것이냐고 물었다

품위가 우리 곁에서
잠시 사라진 것이라고 말하려는
나에게
너는 그것을 찾게 되면
알려달라고 말했다

그것은 오래전에
잃어버린 것이라고

창가에 앉아
창과 빛이 있으면
그만 사라질 수 있을 것 같다고
말하는 너를 보며 다정하고
까마득하게 웃을 뿐이었다

그 음악 좋았지

잠시 죽을게 말하는 사람
금방 올 거지 말하는 사람

점심시간에는
모든 게 농담이 된다

지나가는 구름도 끈적이는 아이스크림도 포로로로 평상을 올라간 참새 발자국도
더러워진 맨발도

바보처럼 굴러가는 감자처럼
왜 마음은 굴러가는 걸까 왜 모자는 머리에 앉아 괴로운 걸까 물어보다가
휘파람을 불었다 길게 서툰 솜씨로

야행성인지 주행성인지 올리브빛을 띠는지 성격은 포악한지 어느 정도의 지능을 갖고 있는지
휘파람 소리만으로도 새의 이름과 깃을 떠올리듯이

너는 얼마나 포악한지
이건 휘파람도 아니야

다시 묻다가
가만히 들었다

그때 듣던 음악 좋았지?
좋았지
웃는 거 처음 본다

한 사람이 먼저 떠나고
한 사람은 벤치에 앉아 듣는다

쏟아지고 있는
사람의 목소리를

네가 두고 간
감자가 발끝에서
목 끝까지 굴러오는
소리를

있는 듯 없는 듯이

모두 잠든 시간에 그는 빵을 굽는다. 휘파람과 잠을 초대해서 그들에게 의자를 내어주고 그는 사람 좋은 얼굴로 손에 묻은 밀가루를 툭툭 털어내곤 했다. 그러나 그는 꿈은 초대하지 않았다. 꿈을 위해서는 아무것도 만들지 않을 생각이었다. 잠을 따라온 꿈은 고개를 내밀고 몇 번이고 서성였지만 그는 단호했다.

너에게는 줄 게 아무것도 없어.

그가 어깨를 으쓱이자 휘파람과 잠이 난처한 표정을 지으며 꿈을 피해 돌아앉았다.

너희는 정말 훌륭한 손님들이야.

그가 뜨거운 차를 내릴 때 길 잃은 꿈은 거리를 돌아다녔다.

꿈은 그에게 보여줄 것이 많았다. 그의 개와 그의 연인과 그의 모든 것을 보여줄 수 있었다. 나는 그의 사라진 집도 보여줄 수 있다. 모두가 같이 살았던, 그러나 그들은 다 사라지고 없는데, 이제는 봐도 그는 울지 않을 테지만, 나는
아무리 생각해도 꿈은 그러고 싶지 않았다.

침대 옆 쭈그려 앉아 훌쩍이며

그는 그의 음악을 들었다.
그는 그의 상자를 열었다.
그는 그의 외투를 뒤졌다.

사람들은 없었다.

그러다 문득 그가 잃어버린 구두 한 켤레가 떠올랐다.
크지도 작지도 않은 그의 발이 좋아했던 신발
물에 떠다니는 얼음처럼 가볍게
덧댄 가죽 덜렁이며
짝짝 부딪치는 소리를 내던
캐스터네츠,
캐스터네츠!
이름 붙였던,

꿈이 그 신발을 들고 그에게 뛰어가자
그는 슬며시 자리를 마련해주었다.
그가 잃어버린 옛 구두를 신고
휘파람과 잠과 꿈을 데리고 걷는다.

모두가 잠든 시간에.

당근

여름에 가장 좋아하는 건, 개가 당근을 아사삭 씹는 소리를 듣는 것. 안 봐도 알지. 얼마나 맛있게 아껴 먹고 있을지.

반만 씹고 반은 바닥에 놓았다가 천천히 아득하게 다시 달달한 붉음을 어떻게 씹고 있을지.

당근의 꽃을 개는 본 적 없고, 작은 잎이 젖히고 갈라지는 걸 궁금해할지 모르겠지만 당근의 맛은 정확히 구별할 줄 아는 개, 너를 지켜보는 여름날의 오후가 얼마나 중요했는지.

외출 후 가방을 내려놓으면 가장 먼저 머리를 박고 가방을 뒤적거리는 너에게 당근을 멀리 던져주는 일.

도무지 당근을 좋아할 수 없지만 사람들을 만나면 말했지.
당근을 좋아하는 개는 안다고. 그러니까 나도 좋아한다고.

거기에도 있을까. 풀숲이, 도요새가, 천사가?
거기에도
당근이 있을까.

쏟아진 당근 사이로 너의 짧은 꼬리를, 명주실 같은 털을 본 것도 같은데,

당 근, 하면 너는 어디서든 달려왔지.
이쯤되면 개는 달려와야 할 텐데.

삐삐

기억에 무슨 가치가 있어요?
책을 덮고 그는 묻는다.

내가 말하는 건 워크맨과 삐삐와

텔레비전에서 나오는 그거 말이죠?
너의 시선은 화면을 찾는다.

이제 나는 텔레비전도 없이 사는데
옛날에는 영화를 비디오로 봤다는 이야기 저도 들어봤어요.

우리의 대화는 사물과 사물을 쌓으며
움직인다.

우리는 뭘 알고 있을까?

예전에 들었어요.
다 그걸 썼어.

그와 나는 서로 어떤 시간을 살았는지 가늠한다.

그때도

가치라는 게 있었어요?

처음의 질문도 잊었는데
그는 나의 말을 오랫동안 기억하고

들어보니 그래 그런 일이 있었던 것도 같다.

태어난 날에 폭설을 본 것도 같다.

너는 오늘이 내 생일이라 말하고
그래 어쩌면 내가 태어난 것도 같다.

그게 가치가 있는 거냐고
묻지 않아서 다행이다.

그때도 있었나요?

너는 떠나고
우리는 이제 보지 않는데

여기 남긴 감정은 이제 삐삐의 것일까?

모르겠어

멍하니 파는 아줌마
무얼 파는지
6월의 장미 아래 이불 파는 아줌마
경로당 앞 공원에서
늦은 저녁 이불 파는
붉은 외투 입은 아줌마

아줌마 알아요?
제가 장미를 만들었어요
아이는 떠나지 않고
재깔인다

생각을 해봐요
언제나 어른들이 했던 말
모르겠어
어른이 되고서 가장 많이 하는 말
생각하기를 배우는 아이처럼
아줌마는 어리둥절한 표정을 짓는다

나를 보지 말고
생각을 해봐요
그네가 소리친다

시소가 다시
발걸음이 다시

아줌마의 맹물 같은
눈 속에 발을 넣었다가
다시 빼는 질문들

대답이 궁금한
아이는 피어 있고
아줌마는 공원 문턱에서
손님이 오기만을 기다리고 있다

버터 밀크바

그런 날이 있지. 하루 종일 하나의 빵만 떠올리는.

먹을 거 있어?
이거라도 괜찮다면.

가방 속에 넣어둔 포근하고 아름다운
빵.

출근길에 샀다가 종일 뒹굴고 퇴근길에 잊고 있던
버터 밀크바를 떠올리는 순간.

그에게는 오늘이 어떤 날이었을까. 짐승들은 좋았던 음식을 생각하며 하루를 살기도 한다는데. 손을 내밀고 온순한 눈망울을 그리다가

이게 뭐야?
다시 묻는 날.

너의 빵은 오늘 먼 우주를 돌아다녔나 보다. 고대의 화덕과 마음 구석에, 조상들의 버터 밀크바가 수없이 붙어 있을 거야. 뭉개진 행성 같은, 납작한 우리의 식사를 위해

기도하는 날.

여전히 달콤하고 빵이라 말하지 않으면 알 수 없는 음식을 씹으며

내일 나도 이 모습일까?
너는 물었고

오전에 담은 빵 하나가 산산이 조각나고 그걸 꺼내 먹으면서 내일의 나는

삼키고 있겠지. 여전히 아름다운 풍미와 살을. 우리는 달라졌다는 걸 뚜렷하게 알면서.

지각하는 인간

그는 늘 늦어

이별할 때에도
오늘 정말 일찍 나왔는데

이제 그는 교통 체증에 대해 말하고 있다

한 번도 늦지 않은 적이 없으므로
그의 변명은 날카롭고 적확하게
완벽한 리듬을 갖는다

기계적인 그의 음성이
나의 장례식에서 들릴지 모른다

몰랐어 이리 늦었을 줄은

혹은 석관 아래 누워서
말하고 있을지도 모르지

진짜 몰랐다고 이렇게 묻힐 줄

정말 일찍 깨워달라고

부탁했는데

그는 묘지기에게

말한다

결코 늦지 않을 겁니다

그는 찾아온 신에게도
손짓한다

잠시면 돼요

아시죠?
십 분이면 충분한 거

그 사랑

모르겠어
그를 만난 건 오래전 일이니까

그의 특기는
잠결 속 가둔
장미나무에 불붙이는 것

벌의 궤적을 빠짐없이 기록하는 것

더는 알지 못해

어릴 때 잃어버린 주사위를
옆집 사냥개가 물고 있었다고
깜짝 알려주고는 했었지

길 잃은 소녀를 보면
이름 묻고
크게 불러줬어

안녕, 안녕

모르지

왜 그런 일을 했는지는

무수한 칼자국
남은
자신의 심장을
내게 두고
훌쩍
떠났는지는

정작
그가 거꾸로 구두를 신고
따라 걸어도

알아챈 적 없었어 나는

고아 같은
유월의 그를

정말 모르고 싶다니까!

숨겨둔 이야기

그래, 나는 푸른 머리칼 그 애를 기다려. 그 애는 숨어 있는 걸 좋아했지. 아홉 개의 구멍으로 빛 뿜는 분수 뒤에, 흰 부리 다듬는 겨울 뒤에, 그는 숨어 있다가 불쑥불쑥 튀어나와 나를 놀라게 했어. 어떤 날에는 토끼 굴에 들어가 한참을 나오지 않았지. 비밀처럼 입을 쫑긋한 채 몸 둥글게 말고 어서 나오라고 연기를 피웠어. 한참 뒤에야 나온 것은 불붙은 토끼 한 마리

아니, 입에서 갓 꺼낸 장미 같은 것, 타버린 양털 같은 나의 얼굴이었지. 내가 손을 뻗자 그 애는 내 거야, 라고 울먹거리기까지 했는데 아무리 봐도 그건 내 얼굴이었어. 그것이 홀로 깡충깡충 뛰다가 뒤늦게 나를 보고 절규에 가깝게 소리 질렀다.

"안 돼!"

그 애는 재빨리 그것을 끌어안고 신나게 도망갔어. 심지어 삐딱하게 월계관처럼 그의 정수리에 올라간 얼굴은 계속 떠들어댔지.

"정말 따분한 삶이야. 얼마나 지루했는지 알아? 이 순간을 기다렸어. 난 자유야!"

놀란 얼굴이 비탈길을 지나 사라지고 있었고 어쩐지 평생 하

고 싶었던 말을 그 표정이 다 해버린 것 같았다.

이제 그 애는 나타나지 않고, 나도 더 이상 놀라지 않지. 내가 푸른 머리칼 그 애처럼 숨어서 읽을 때까지 기다리고 있었거든. 네가 이걸 펼쳤다면 신나서 달려들겠지. 너의 놀란 얼굴을 기억할 거야. 그걸 숨겨뒀다가 쓰고 달아나야지. 작은 방울처럼 딸랑거리며, 그래. 너의 익숙한 얼굴이 도망가고 있어.

산책

찾고 있었지
겹겹이 쌓인 눈부신 꽃을
사라진 도시에서 안개 속에서 피고 지는
찾아다녔지
그가 본 것은
빛의 사원
주두에 기대앉아 쉬는
천사들
황금이 담긴 붉은
도자기
천국과 지옥의 문
순장된
예언자들
그가 찾는 건 이런 게 아니었어
그는 신비를 찾는 게 아니었다
그가 본 것은 소리 내며
따라오는
눈송이
숨죽이던 늙은 개
창에 꿰인 채
흔들리는 아이
의

옷
벌레의 울음소리로
엮은
양탄자
심해까지 울리던
종소리

그러나 그가 정말 원하는 건
그저 꽃을 보고 너에게
돌아가는 일이었지

좋은 곳에 갈 거예요

터가 좋은 곳에서 우리는 걸었다

비행기가 추락하고 있었고
불타는 마을에서는 밥 짓는 냄새가 났다

그는 우산을 주며 말했다

아까 천둥이 쳤었어요
오늘은 좋은 곳에 갈 거예요

어린 친구들은 겨울왕국을 보러 가면서, 오늘 저는 좋은 곳에 가요, 제 두 번째 꿈을 이루는 거예요, 라고 떠들었는데

친구들은 꿈을 이뤘겠지 그들이 좋은 곳에 들러 언젠가 사랑에 빠지는 순간까지, 그들의 시간은 흐를 것이다

우산을 쥐고

좋은 곳에 대해 오래 이야기 나누고 싶었다 시간이라는 게 있다면

사랑하는 것에 목숨을 걸고 싶었고, 목숨을 아무에게나 쥐여

주고 싶었고, 좋은 곳에 쓰세요 덕담하듯이 쨍그랑 던지고 싶었고

사랑 때문에 죽고 싶지 않았고
죽고 싶어서 사랑하지 않았고

사람을 그리워하지 않고 죽음을 떠올리지 않고 당신이랑 오래 밥을 지었을지도 모를 일이었다고

그의 우산이 재촉하듯 펼쳐진다

눈은 과거의 일이지만 가끔은 지붕을 무너뜨려요

그를 따라 걸으면서
어제는 당신을 많이 생각했다

좋은 곳에 가면

비밀 없이

새벽녘,
램프에 불붙이고
기다린다

이 시간이면 너는 와서
이야기를 들려주었지
어떤 음악은 빛이고
빛은 새가 되어
어깨에서 졸고 있다고

그럴 때면
넌 참 똑똑하다고
다 맞다고
기꺼이 대답하고 싶었다

저 뼈는 한때
누군가 사랑했을지도 모를
어떤 인간,
지금은 그럴싸한 장식품
쓸모에 대해 말하며
웃던 너는

오지 않지만

네 영혼이 어디선가
헤매고 있는 거라면
시간이 걸려 늦게 도착할 수도 있겠지

거리 감각도 없고
눈썰미도 없는 사람이지만

너의 영혼을 믿고
너의 죽음을 믿으니까

네가 다 옳다고

저 문을 열고 어서 오라고
말하고 싶었지

오지 않으면
어떻게 되는 거지?

그럴 리 없지

믿으라고
믿지 않으면 안 된다고

잠에서 깬
새들도 그렇게 짖을 거라고

돌아올 거라고 말하던 네가
그럴 리가 없잖아

하지만 정말로
저 문이 열리면
이제 어떻게 되는 거지?

무신론자의 테이블

테이블은 잠들어 있다 한여름의 침묵에서
찻잔은 광휘에 휩싸여 있다
테이블의 풍경이 잠들었을 때
캐치볼 소리가 울린다
잠으로 뒤섞인 한낮의 프레임을
누군가 보고 있다
새들의 알이 떨어진다
끈적이며 집요한 그 시선을 따라
알이 움직일 때 어떤 미래, 어떤 우주, 어떤 무한소에서
잠들어 있는 테이블이 있다
긴 꼬리를 펼치는
공작의 풍경은 깨어났지만
신은 여전히 태어나지 않았고

아무것도 없는 빈방에

환생하겠다는 사람과 다시는 태어나지 않겠다는 사람이 테이블에 앉아 커피를 마신다.

정말 다시 태어나고 싶어요?

그의 대답은 간결하고 이상하다.

인간을 사랑해?

다시 태어난다니, 다시 사랑한다니.

인간의 마음으로 앉아서 풍경을 본다. 아름다운 걸 본 것도 같다. 그런데 이건 사실 새가 본 풍경. 이미 지나간 세기의 풍경. 목동이 야트막한 언덕에 올라가서 그와 나의 대화를 듣는다.

아무것도 없는 테이블.

음악을 들으며 글을 쓰는 그와 음악을 듣지 않고 글을 쓰는 내가 한 공간에 있다. 같은 얼굴, 같은 눈매, 같은 입술을 하고

이 풍경은 사실 음악이 보는 풍경.

그는 다시 태어나겠다고 하고 나는

아무것도 없는 빈방에 들어가 테이블을 찾는다. 아무것도 없는데, 그는 의자에 앉아 있으라고 말한다. 곧 돌아올 거라고. 금세 커피를 갖고 오겠다고.

잊은 거 없어?

제가 뭘 하러 왔죠?
직장 동료들은 의아한 표정을 짓고는 걸음을 멈춘다.

다시 가면 생각날 거예요.

그는 뭘 가지러 왔을까.

멀리서 다시 돌아와 서둘러 서류를 챙기는 뒷모습을 보며 자리에 앉는다.

그만 그런 건 아니지. 신기하게도 우리는 돌아가면서 묻는다.

하루에 몇 번씩 이래요. 부끄러운 건 아니에요.

할당량 채우듯 잊어버리는 세계. 방금 먹은 빵도 잊어버리는 시간.

왜 잊은 사람이 생각날까.
할머니는 오래전 기억을 잃었지.

그는 법 없이도 살 수 있는 사람이었는데 어느 날에는 갑자기 집을 태우고. 그가 타버린 빈집에 어린 나를 두고 어떤 기억을 가져갔는지 궁금했다.

법 없이도 살았던 사람은 누가 기록하는지.
시간은 마지막 신처럼 건들대고

잠깐,
난 뭘……?

구원을 말해준 사람이

기차를 탔는데 구원에 대한 이야기를 듣는다.

어디까지 가는지 물어봐서 대답했는데 왜
어디로 가야 하는지를 듣게 된 걸까.

물어봐야 해.

몸이 작은 할머니는 기력도 없어
졸면서 말했다. 모르면 물어봐야 해.

일을 할 때도 들었던 말.
모르면 물어보세요.

구원에 대해 궁금하지 않고
기원에 대해 궁금하지 않고
질문도 없이 자라온 내게
왜 이런 대답이 돌아오는 걸까.

최후의 날
심판을 받을 때 선택 받은 사람들이
올라간다면 지상에 남은 사람들은 뭐를 할지
물어도 되는지.

저는 그때에도 일을 해야 하나요?

이제 주4일만 일하면 안 될까요.
하루만 쉬면 좋겠어요.

전단에는
천국과 지옥이 있고 구원도 있는데

거기에도 일자리가 있는지, 그 시간 속에
시인이 있을지,
이런 걸 물어보고 싶은 것이다.

그때도 마감은 있는지, 그때도 너는 있을지.

오늘 처음 본 할머니가 영영 건강하라고
인사를 한다.
다시는 만나지 않을 사람처럼

구원을 말해준 사람이
기차를 타고 다시 사람을 찾고.

울리포

저 말은 어디서 왔나
희고 아름다운
저 백마는
그러나 모두들
잔상을 보는 거라 말했지

말은 이미 떠났어

저 크고 눈부신 백마를
모두가 봤단 말이야?
그럴 리 없지
저 갈기와 발굽과
발굽 아래 달린 작은 말의 머리와
말의 머리를 땅에 박고 달리는
저런 말을 보고
이미 봤다고 평온하게
말할 수는 없다

그럼 어디로 갔나
무얼 찾아서

설원을 올라가는 걸 봤어

아니지 해저로 갔어

다들 뭘 보고 있나
그저 열차에 앉아서
달리고 있는 저
백마를 놔두고

따라가야지
사냥해야지

아이를 안고
여자들이 머리를 매만지고
젖 냄새 풍기며 웅알대는
이 열차를 떠나
가야 해

종착역이 오기 전에
저기 떨어진
죽은 말의 눈물을
보며

가서 영혼 따위를 잊고

이 육체로 작고 힘없는
나의 다리로
밤을 기다리거나
눈 내리는 구름을 좇아
눈보라 치며
떠나는
계절도 시간도 없이
콧김을 내뿜으며 달리는
저 말을

왜 보지 않는 거지
너는 잔상을 보는 거야
왜 그걸 의심하지 않아?

단단한 살가죽과 꼬리를
움켜쥐고 싶은데
모두들 초라한 잠꼬대처럼
추위와 괴로움과 상처에 대해서만
떠들다
가버렸네

침묵하며

칼 찾아
흰빛에서 꺼낸 뜨거운 심장을
먹어치우며

이것이라고!
무용하고 아름다운
모두의 입에서 녹는 혀보다
뜨겁고
되돌릴 수 없는
저 말의 심장을

아아 그러나 모르겠어
모르겠어, 라고 말하는

내게
눈도 마주치지 않고
떠나는데

그것은

가버렸는데

나중 된 자

소녀들이 예배에 참석하고 있다

그들을 따라 붉은 산수유가 떨어지고

열매를 따라 눈 속을 걷는 사람들

소녀들이 찬송을 부를 때

이건 어떤 노래일까

따라 부르고 싶었지만

입 벌릴수록 벌어지는 거리가 있어

그들을 따라 걷기만 했고

이제 사라진 소녀들이 예배에 참석하고 있었다

나와 같은 생일을 지나
나와 같은 계절을 지나

우는 사람만 울고

죽는 사람만 죽을 때

너는 무엇을 지키는 거지?

그들이 묻는 것 같았고

아, 아, 벌릴수록

벌어지는 빛을 따라

그림자가 마구 죽은 채

끌려왔다

그들의 붉음을 따라

눈 속을 걸었던 사람들이

있었고

나선계단

너는 위에
나는 아래에

나선계단을 두고
우리는 슬픔을 대화한다

퇴근길에 내 슬픔은 거위 같았어
거위 떼를 끌어안고 비좁은 통로를 지나가는
기분이었어

그는 그 말을
슬픔이 거의 같아서, 라고 듣는다

나도 너와 비슷해

나는 그가 거위 한 마리를 훔쳐간 기분이 든다

기분은 중요하지 않아
사실이 중요해

아무도 내 거위를 본 적이 없으니까
아무도 내 슬픔을 본 적이 없겠지

너는 거의에 대해 고민한다
어느 한도에 매우 가까운 정도의 슬픔이란 어떤 것인지
너와 나의 슬픔이 거의 같다고 할 수 없는 것인지

알 수 없는 대화를
멈추지 않는 건
우리가 슬픔을 느끼는 존재이기 때문이겠지

너는 내려오지 않고
나는 올라가지 않고

나선계단은 이제
우리와 거의 비슷한 슬픔을 느낀다

이제 지루해진
슬픔은 언제까지 이 사이에
있어야 하는지
계단에 주저앉고 싶지만

대화가 필요해

두 사람의 말을 듣고
슬픔은 나선계단에서 구르고 있다

겨울 쓰기

버려진 교회에서
아이들은 공놀이를 했다
낮은 포복 자세로
진눈깨비는 사람들을 따라다녔다
흰빛은 때때로 따사로웠다
이따금 그림자가
어른거렸다
이건 누구의 꿈인지도 몰라
누구의 꿈이 따라붙었는지도 몰라
죽음은 동시에 꾸는 꿈이니까
끝에서 끝까지
공은 충실하게 움직이고 있었다
어린 흰빛을 뭉텅이로 흩뿌리며
사람들은
사라지고 있었다
모두의 입이 커다란 잉어처럼
벌어지는 날이었다
보이지 않는 풍경에서
아이들은
공을 찾고 있었다

음풍경

너는 내 이름을 불렀지
매우 멀리 있는듯 낯설게
고작 다른 방에 있었을 뿐인데
까마득한 이야기처럼
이름이 불리고 있었다

먼 조상의 이름처럼
죽은 개의 이름처럼

여름의 빛이
이마를 어둡게 만들고
펼쳐진 양쪽 귀가 살짝 접히고
모슬린 수의에 하나씩 수놓아지는
얼룩의 잔상을 보면서

사자의 머리를 한 천사들이
공작 꼬리에 눈을 달고
잠든 얼굴을 스치며 지나갔는데

뭐였지?

그들이 다가와

주머니를 뒤지고
이들은 영혼도 없구나
떠나버릴 것 같은
쓸쓸한 기분은

산양도 음악도
사라지기만 하는 그 오후에

웃옷을 갈아입고
단추를 채우며
보려고 했다

눈이 먼 채
이게 모두의 미래이고
다시는 발음할 수 없는 정확한 이름이라고

사위가 어두워진 발꿈치를 들고
음은 정확한 물질을 따르고

enclave

*

어린
안개, 흔들리는
양의 방울이

있다

긴 나팔 소리
빛 되어 흐르는 호숫가
걸어 나오는 아이들

단단한 머리를
흰 허벅지에 유순히 기대는

가축몰이 개

총성이 울린다

저 달
뒤에서
벌어질 일을

알고 있다

이런 안개를 걷는
우리는

*

그러나 이 달, 이 안개
이것은 네가 만든 것
너로 인한 것

저기 울부짖는
새의 부리도
매일 칼 꽂혀 피 흘리는

카펫도

이 고원과 이 도시
불과 돌 입고
떠돌고 떠드는

영혼의 기사도

널 위해 만들었지

그만,
멈춰야지

왜 많은 걸 생각했지?

이런 날
그가 좋아했으니까

신나서 슬퍼서

잊기 위해
너무 많은 우리를 만들었다

그만,
무너뜨려

아름다운 의자에 앉아서

친절한 사람을

만나고

어엿한 직장을
가져서

*

그러나 그게 다 무슨 소용이람

공시소에 누워 있던 생각이
벌떡 일어나 말했다

그만 생각한다고 적는 순간에도

넌 생각해

나는 고개를 끄덕였다

미안, 또 망쳤군

난 생각이 너무 많아

서둘러
부끄러워하는

인간의 마음을
정성껏 만들어줘야겠다고

생각했다

7월 4일[☾]

우리는 걸었지. 꿈속에서 잠들고 종소리 들었어. 푸른 보리밭, 곰 세 마리가 춤출 때 아빠는 꿈에서 우리를 만난 거라고 해. 여전히 가장 좋아하는 이야기.

☾ 7월 4일은 단원고 수정이의 생일이다. 수정이는 춤을 좋아했고 세 자매 중 둘째였으며 태몽은 곰이었다고 한다. 이 생일을 기억했으면 한다.

죽으려고 한 날에는 죽지 않고
살고 싶은 날에는 죽는 영혼에 대해

수문이 열린다 젖은 외투를 입은 사람들이 쏟아진다 사람이 많아도 이렇게 조용할 수 있구나 싶어 길게

휘파람을 불다가

입술을 오므렸고 나는 다른 이와 키스했던 벤치에 앉아 그의 이야기를 들었다

저수지를 둘러싼 편백나무가 빛나고 서서히 흰 배가 시야에 들어오면

잠에서 깨어날 거야

나만 보면 휘파람을 잘 불었던 남자

저 볼품없는 저수지에 빠져 발견된 남자

물속으로 뛰어든 그 남자

난 죽었어, 미안, 거짓말했어, 아직 죽지 않았어

아직은 들어야 할 것 같았다

물은 사람의 형상을 잊지 않고 떠다닌대

저기 익사한 아이를 끌어안은 다정한 표정의 자매들과 수

십 세기의 빛 담은 유적지에서 기다리는 친구와 검은 말의 고삐를 쥔 딸들의 일부를 우리가 마실 때
수많은 입술이 물고기 떼처럼 떠오른다고 말하던

그 남자, 이름이……
도무지 얼굴도 표정도 기억나지 않는 그의 외투를 꼭 쥔 채
끝까지 기다리고 있었다

이건 할머니가 들려준 거야

여전히 끝나지 않는 그의 말

왜 너는 이따위 이야기만 한 거야
어째서 여자는 이런 것만 기억하는 걸까

얼린다는 넌 녹는다는 말

창문에는 왕벚나무가 늘어져 있었지
미처 자르지 못한 나무
아직은 잘리지 않은 나무

빛이 없는 나무
빙하 같은 꽃잎

옆에 있던 친구가
문을 열면 우리는 긴장했다

묵은 농담이 들어서는 듯
트랙을 달리는 목소리
서로의 사유지
꽃을 위한 자리

오래전 너는 그 자리에 앉아
열광하듯이 비관하듯이
떨어지듯이
졸고

그러니까 너의 죽음은
오래된 농담 같은 이야기

모두가 믿지 않는 이야기

문이 열리고
네가 들어왔을 때 아무도
말하지 못했지

죽은 친구가 들어와 있는데
너의 모습이 평온하고 깨끗한데
누가 말을 하겠어 너의 입술이 여전히 들썩이고
주머니에 넣은 손이 꿈질대는데

옆 교실은 화성의 공전각 속도를 말하니
네가 들어온 것을 설명할 수 있을지 모른다

그리 놀라운 건 아니라고
모르면서 받아들였지

무질서와 전쟁과 재생 불가능한
그런 걸 말하기도 했으니
이쯤되면 놀라운 건 아니겠지

칠판에 부딪히는 목소리,

너는 얼었다고 했다
온전하다고 말했다
너는 아무것도 보지 못했다고 했다

냉동된 친구가
사라지는 건 어떤 현상일까

네가 녹을 거라는 건 어떤 말일까
아무것도 모르면서 갑자기 걱정했다

튀어나온 너의 치아
실험실, 실린더, 추위, 습기,

얼린다는 넌 녹는다는 말

이 세계, 이 법칙, 문이 열리고 닫히고,
종은 울리겠지
쉬는 시간은 짧았으니까 말도 짧아지겠지
들어왔다가 사라진 교실
따라 나가는 바람
천연덕스럽게 움직이는 오리들

아무것도 없었다

그런데 증명할 수 있을까
너를 다시 못 본다는 말
그걸 너보다 먼저 이해할 수 있을까

자르지 못한 나무
자를 수 없는 나무
말하지 않던 비밀
창문에 서서 하염없이 너를 봤던 날
학교 주변을 돌던 눈송이
와르르 내리던 날

라가 아줌마

풍랑이 일었다

굴러가는 채소들

감자

치커리

그 속에서

다 죽어버려!

소리 지르는

저 아주머니

아침이면

화초에 물 주고

아이들에게

어디 가니

다정히 물으며

숄 두르고

콧노래 부르고는 했었다

물론 그건

어린 딸이

살아 있던 날

이야기

누군가 칼에 찔려도

좋은 일이야

누군가 목매달아도

참 지혜롭군

손뼉을 치며

조금 더

죽어라

소리 질렀다

이것도 어느새 몇백 년 지난 소문

마을에서는

당연한 날들

밥 먹었어?

그 정도의 안부처럼

그녀를 보면 내가

살았다는 게

신기하게 느껴졌다

매일 닦던

의자도

딸과 갔던

유원지도

혁명이니 전쟁이니

떠들던 이웃조차

모두 사라졌다고

눈 가린 채 한 바퀴 돌았더니

이제 나이도 모르겠다고

주저앉아

햇빛 한 줄기

바람에게도

부디 그만 죽여달라

한없이 빌었지

여전히 살아 있는 나의

라가 아줌마

개의 신

신이라면 개를
응당 사랑하겠지
천국에는 동물이 없다는 말에
흔들리던 종교 사이

사랑하니까 데려간 거겠지
이제는 기도하지 않겠지만

먼저 떠난 동물은
주인을 많이 기다린다고

그 말을 듣고 죽음을 두려워하지 않는
인간을
개의 신이라면 사랑해야지
그러지 않겠냐고

뙤약볕에 앉아
가장 먼 은하의 개미에게
물어보던
초여름

미안하지도 않나

누군가의 안부를 묻다가
그 사람의 장례식 소식을 듣는 사람을 본다.

말도 없이
언제 돌아가셨대?

말없이 가신 분이
미안해야 했을까.

머릿속에는 관이 오래전부터 있고
그 관 속에서 나는
결코 깨우지 마세요 중얼거린다.

그럼에도 살아가다니
미안해야 하나?

죄송합니다.
당신이 살아 있길 바란다고, 더 이상 못하겠어요.

지금도 신에게
미안하지도 않냐고 따지고 묻다가
신이 없는데 따로 불러서

화를 내고 있다면
그건 누구에게 사과해야 하는지 싶어 미안해지는데

정말이지
이 시대는
나한테 할 말 없니?

유리 갑옷

우리는 유리 갑옷을 벗는다
벗고 나체로 뛰어다닌다

우리는 사랑하여 벗고
우리는 투명하게
각자 칼을 맞이하고

우리는 유리 갑옷을 입고 있다
우리는 유리 갑옷을 입고 벗는다
우리는 유리 갑옷을 입고 벗고 나체로 뛰어다닌다

우리는 사랑하여 벗고
우리는 알몸으로 맞고

우리는 우리의 몸에 비치는 끝없는 들을 본다

땅콩

다정한 언니,

언니가 해준 이야기를 생각해 그건 옥상에서 벌어진 일이었지

볕 좋은 날 땅콩을 말리고 있을 언니를 바라보는 까치 한 마리
왜 그걸 몰랐을까 까치가 죄다 땅콩을 물어가고 있었는데
언니는 다시 질 좋은 땅콩을 옥상으로 옮기고 있었지
벌써 소문이 났는지 까치 한 마리는 망을 보겠다고 깍깍대고 두세 마리는 급히 부리에 잔뜩 물고 총총 뛰고

한 번도 본 적 없지만 선명하게 기억나

바닥에는 까치 발자국 같은 땅콩이 총총 떨어져 있고 볼이 불룩해졌을 까치 떼가 귀엽다면서 언니는 빗자루를 힘차게 흔들었겠지

언니, 나는 가끔씩 떨어진 땅콩을 주워 언젠가 까치들이 내게도 와줄까 생각해 그때 언니가 얼마나 귀여웠는지 전해줄 수 있을까 신이니 혁명이니 사랑이니 이런 거 말고

왜 사람은 너무나 쉽게 죽는 건지 물어볼 수 있을까

구빈원

천사들은 이 더운 여름날 우리의 뒤편에 서서
무슨 생각을 하고
우리는 잊는다. 그들의 존재를.
무덥지. 무더울 때는 아무것도 기억하기 어렵지.

한여름 천사를 그린다면
적어도 사람의 얼굴은 아니겠지.

냉면에 올라간
차갑고 아무것도 없는 오이를 건져낸다.

정말이지 아무것도 없어. 오이는.
우리의 이름과 같아.

우리의 이름을 몇 개 건져내면서
죽어서도 가끔은 시원한 게 먹고 싶을까.
죽는 것보다는 살아 있는 게
어렵다고.

우리는 물만두를 힘겹게 헤치면서
열심히 잊는다. 다음의 죽음을.

천사는 겨울의 문턱에서 지켜본다.
우리가 그 계절까지 다다를 수 있는지
날개를 폈다 오므리며

우리가 왜 여기서?

길을 모르는 사람들이 나를 찾는다.

여기 처음 와봤어. 어디로 가면 버스를 탈 수 있어?

나가면 찾을 수 있어요. 여기 매일 오는데 매일 모르겠어요.
제게 묻지 마세요. 미안해요.

가방 파는 아저씨는 알까. 인절미 파는 아줌마는 알까.
육교에 있는 거지 아저씨는 알까.

길 하나도 설명을 못하면서 무엇을 가르치러 가는 걸까.

여긴 없는 게 없네요.

지도를 들고 오는 외국인이 나를 찾는다.

학생, 아가씨, 저기요, 실례합니다.
여기가 맞는데, 어디로 나가야 하는지는 정말 모르겠어요.

부록

나를 만나려고 그랬나 봐요

작년 부산 기장군 일광면 갯바위에서 아열대성 맹독 파란선 문어가 발견됐다고 한다. 15살 박군은 기지를 발휘해 파란선 문어를 잠자리채로 두 번이나 채집 후 이 사실을 알렸다. 그래서인지 여름이라는 단어를 발음하면 구로시오 난류의 영향을 받아 어딘지도 모르면서 갯바위에 붙어 있을 문어가 떠오른다. 수온이 상승하고 환경이 급격하게 변하지만 전혀 모르고 살아가는 사람들처럼, 지금의 나는 알 것도 같고 모를 것도 같은 문어의 마음으로 살아 있다는 게 신기하게 느껴진다.

☾

가을에 풍기에 갔었다. 부석사는 어느 계절에 가더라도 아름다운 곳이지만 단풍을 봐야겠다는 생각이 들었다. 출근도 빠듯하고 마감도 코앞이었다. 그러나 나는 호기롭게 열차를 탔다. 옆 좌석에는 작고 기력이 없는 할머니가 솜옷을 여미면서 어디까지 가냐고 물었고 나는 풍기에 간다고 대답했다. 할머니는 잠꼬대를 하듯이 전단을 건네면서 구원에 대해 말하기 시작했다.

어디를 가냐고 물어서 대답했는데 심판의 날에 누군가는 올라가고 누군가는 남는다고 해서 얼결에 모두가 떠난 하늘을 쳐

다보며 남은 자가 된 기분이었다. ‘남은 사람들은 어떤 일을 하지?’ 그가 답을 알고 싶으면 가보라는 장소가 있었고 그곳에 가면 답변을 해줄 사람을 만날 수 있다고 했다. 말이 다 끝났는지 그는 오래 잠들었다. 그러고는 헤어질 때 다시 안 볼 사람처럼 건강하라고 안부를 전하기도 했다.

모두가 마스크를 끼고 있는 이 시절에 그가 떠오르는 건 당연한 일인지도 모른다.

☾

나는 어린 친구들을 가르친다. 사람을 만나야만 먹고 살 수 있는 일을 하는 입장이 되면 비슷한 사람들을 자주 떠올리게 된다. 자주 지압을 해주던 맹인 안마사 아저씨는 요즘 잘 지내고 있는지, 세신사 아주머니들은 꽃 구경도 못했다면서 아쉬워했는데 지금은 어떻게 지내는지. 수영장에 모여 “언니. 그러면 내가 서운하지.” 말하며 평상에 앉아 수다를 떨던 그들은 뭘 하고 있을지. 빙판 길에서 미끄러져 하루 버는 일을 하지 못해 결국에 죽은 사람들은 어떻게 되었는지. 내가 왜 이런 감정을 끌어안고 있는지 알 수 없지만 한편으로는 그래서 지금도 쓰고 있나 싶다. 좋은 곳에 가고 싶어서 노동을 하고, 좋은 곳을 지키기 위해 노동을 하고, 그래서 다시 이들을 만나며 살 수만 있다면…… 산다는 것도 그럭저럭 괜찮은 일이지 않을까.

이럴 때는 맹목적인 신앙이라도 가졌으면 좋겠다. 다음 생에 대한 희망으로 사랑하는 모든 것들이 사라지는 일을 용기 있게 버틸 수 있게.

내가 이런 말을 하자 한 동료는 "저는 그 정도 심적 상황까지는 경험한 적이 없어서 모르겠지만……."이라고 대답했고, 그래서 그만 나의 일부분을 들킨 기분이었다.

☾

이런 생각과는 별개로 오늘도 단추를 제대로 잠그지 않았다. 골똘히 생각하면서 덤벙대는 건 여전한 일상이다. 옷 매무새를 잘 정돈해놓고는 단추 하나를 다른 방향으로 죄다 잠가서 블라우스는 대각선으로 죄여 있다. 도대체 왜 이럴까. 스스로를 이해해보고자 단추를 하나씩 풀면서 의아함을 느낀다. 이럴 때면 이온 음료를 뽑아놓고 끝내 뚜껑을 열지 못해서 집까지 들고 왔던 순간도 떠오른다. "모르는 사람에게 부탁하지 그랬어? 너도 참 너다."라는 말에 나는 부끄러움을 느꼈다. 서른이 넘었으니 이제는 모르는 사람에게 병을 내밀 수 있을 정도는 되었다. 나는 낯선 사람에게 병뚜껑을 내밀듯 이 글을 쓴다.

아무리 감추려 해도 드러나는 것들은 이뿐만이 아니다. 지금은 왼쪽 운동화 끈이 다시 슬그머니 풀려 있으니 말이다. 도대체 운동화 끈은 어떻게 묶는 것인가. 풀리겠다는 의지를 굳건히 내보이는 사물을 존중해줘야 할 때가 아닌지 고민이 된다. 그러나 이 마음을 모르는 친절한 사람들은 내게 말을 걸어 도와준다. 처음 보는 아주머니도 눈짓콧짓으로 알려주고 걸음이 느릿한 할머니까지 따라와서 기어코 알려준다.

나는 몰랐다는 듯이 감사 인사를 하고 보는 앞에서 끈을 묶는다. 엉거주춤 허리를 숙이고 쏟아지는 에코백에 머리를 두세 번 맞아가면서. 하루는 친구가 운동화 끈이 풀렸다고 알려주기에 "알고 있어. 요즘 내 마음이 그래." 대답하고는 풀린 상태로 오래 걸었다. 언제나 풀려 있고 다물지 못하는 이 마음을 오늘도 드러낸 채 걷고 있는 셈이다.

걷는 걸 좋아하지만 조금만 움직여도 체력이 금세 소진되는 걸 봐서는 나는 좋은 산책자는 못 되는 것 같다.

최근 과거에 잠깐 학원을 다니다가 알던 사람과 만나 대화를 나눈 적이 있다. “제가 그때의 언니 나이가 되었네요.”라는 그의 연락에 이끌려서 만났다. 그 당시 나는 신체적으로나 정신적으로나 삶을 견디기 어려운 상태였는지라 오히려 그와 보냈던 한때가 정확하게 기억나지 않는다. 그와 나는 맛있는 점심을 먹었고 차가운 칼바람을 맞으며 오래 걸었다.

몸을 녹이고자 들른 카페에서 많은 이야기를 나눌 수 있었다. 나는 학원을 집 근처에서 다닐 수 있었는데 미처 몰랐다고, 그래서 먼 데로 다녀 힘들었다고 말했다. 그는 “나를 만나려고 그랬나 봐요.” 하며 정말이지 쾌활하게 웃었다.

그 말을 오래 생각했다. “저를”도 아니고 “나를” 만나기 위해 이 모든 것이 작동되는 세계의 존재 유무를 논하고 싶었다. 물론 우연이 재판관이 되고 설계자가 되어 움직이는 세계를 나는 반대하는 입장이다. 그래도 저런 말을 하며 예쁘게 웃는 사람을 두고는 그런가, 하며 넘어갈 수밖에 없었다.

요즘에는 저녁 시간에 기타를 치면서 하루를 마무리한다. 이 기타는 중고로 구매한 것이다. 판매자는 아주 오래전 기타 동아리 선배에게서 구입했던, 자신의 첫 번째 기타라고 했다. 그는 내게 기타를 넘겨주며 더 좋은 기타를 만나라고 말했다. 그가 처음 만났던 기타를 나의 첫 기타로 받아들이며, 언제쯤 이 기타에 이름을 붙여주면 좋을지를 생각한다. 내가 이 기타를 누군가에게 넘겨주게 되는 날도 언젠가는 올까?

기타를 치면 떠오르는 문장이 있다. 언젠가 수업을 같이 들었던 이의 문장이다. 그는 기타를 치고 있으면 청어 한 마리를 끌어안는 기분이라고 표현했다. 그때는 청어의 이미지만 떠올렸었는데 최근에는 그가 왜 그런 말을 했는지 알듯 모를 듯한 기분으로 친다.

☾

이 모든 이야기를 전해주고 싶은 사람이 있다. 빛이 좋은 날에는 특히 그 사람이 생각난다. 어느 날 꿈에서 정작 그는 나오지 않고 그와 친한 사람만 나와서 그는 지금 어디 있냐고 물어

본 적도 있다. 나는 이 말을 꼭 전해달라고 했다.

"보고 싶다고 전해줘요."

이후로 오랫동안 떠난 사람들을 꿈에서 만났다. 그들은 여전히 일상에서 요리를 했고 사랑하는 사람들과 행복하게 지냈다. 눈을 뜨면 나는 그들의 부재를 받아들였다. 이런 감정은 혼자 느껴야 하는 거라고. 누구에게 줄 수 있는 감정이 아니라고.

누구에게 줄 수 없는 감정이지만, 이 감정을 어딘가에 남기고 싶은 것 같다. 단추를 서툴게 잠그고 운동화 끈을 묶고 병뚜껑을 따고 산책을 하고 누군가 만났다가 기타를 만져보고 사람을 그리워하고 이런 날을 기록한다.

처음 아이들을 가르치는 일을 시작 했을 때 나는 내가 어린 친구들을 아주 좋아하는 사람이라고 생각했다. 한 해가 지나고 일에 치이면서는 내가 실은 애들을 안 좋아하는 사람이었나? 하고 자문했다. 다시 한 해가 지나고, 많은 아이들과 정이 들고, 이들과 떨어져 있을 때면 보고 싶은 마음이 차오르는 걸 보니 어쩔 수 없이 내가 이들을 참 좋아하는구나 싶다. 이렇듯 사람에 대한 생각도 글에 대한 생각과 같다. 아무래도 두 번째 이야기를 만나려고 그랬나.

아침달 시집 14

좋은 곳에 갈 거예요

1판 1쇄 펴냄 2020년 3월 31일
1판 3쇄 펴냄 2022년 8월 17일

지은이 김소형
큐레이터 김소연, 김언, 유계영
편집 송승언
디자인 한유미, 정유경

펴낸곳 아침달
펴낸이 손문경
출판등록 제2013-000289호
주소 03980 서울시 마포구 성미산로 153-16, 2층
전화 02-3446-5238
팩스 02-3446-5208
전자우편 achimdalbooks@gmail.com

ISBN 979-11-89467-17-3 03810

값 10,000원

이 책은 서울문화재단 '2020년 창작집 발간 지원사업'의 지원을 받아 발간되었습니다.

이 도서의 국립중앙도서관 출판예정도서목록(CIP)은
서지정보유통지원시스템 홈페이지(http://seoji.nl.go.kr)와
국가자료종합목록시스템(http://www.nl.go.kr/kolisnet)에서 이용하실 수 있습니다.
(CIP제어번호 : CIP2020010976)

아침달